Schul**ausgabe**

2. Lese-stufe

Henriette Wich

Der Familienhund

Mit Bildern von Betina Gotzen-Beek

Mildenberger Verlag

Ravensburger

Bibliografische Information der Deutschen Nationalbibliothek:

Die Deutsche Nationalbibliothek verzeichnet diese Publikation
in der Deutschen Nationalbibliografie.
Detaillierte bibliografische Daten sind im Internet
über http://dnb.d-nb.de abrufbar.

MIX
Papier aus verantwor-
tungsvollen Quellen
FSC® C111262
FSC
www.fsc.org

5 7 9 8 6

Ravensburger Leserabe
© 2013 für die Originalausgabe
© 2015 für die Ausgabe mit farbigem Silbentrenner
Mildenberger Verlag GmbH
Postfach 20 20, 77610 Offenburg
und Ravensburger Verlag GmbH
Postfach 24 60, 88194 Ravensburg
Umschlagbild: Betina Gotzen-Beek

Printed in Germany
ISBN 978-3-619-14477-8
(für die gebundene Ausgabe im Mildenberger Verlag)
ISBN 978-3-474-38562-1
(für die broschierte Ausgabe im Ravensburger Verlag)

www.mildenberger-verlag.de
www.ravensburger.de
www.leserabe.de

Inhalt

Simons größter Wunsch

„Wünsch dir was!", sagt Mama.
Simon pustet die Kerzen aus.
Heute wird er acht und weiß
genau,
was er will: einen Hund!

Aber die Geschenke
auf dem Tisch sind viel zu klein.
Da passt gar kein Hund rein.

Klar, denkt Simon.
Es hat wieder nicht geklappt.
Mama und Luca sagen immer,
unser Haus ist schon voll genug.

Dabei ist das neue Haus echt groß,
und sie haben jetzt einen Garten.
Außerdem sind sie doch nur zu fünft:
Mama und Simon,
Luca und seine Tochter Marlene
und Mia, die Tochter von Mama
und Luca.

Alle singen laut:
„Zum Geburtstag viel Glück!"
Dann kräht die fünfjährige Mia:
„Ich will Kuchen!"

Simon hat keinen Hunger.
Lustlos packt er die Geschenke aus.
Die Fußballsticker sind von Marlene.
Mia hat ihm ein Bild gemalt.

Im letzten Päckchen
ist eine Hundeleine.
„Was soll ich denn damit?",
fragt Simon.
Luca grinst. „Komm mal mit!
Wir haben noch
eine Überraschung für dich."
„Wo?", fragt Simon aufgeregt.

Sie gehen alle zu Nachbar Bernd.
Bernds Hündin Bonnie hat
vier Welpen bekommen.
„Du darfst dir einen Hund
aussuchen",
sagt Bernd.

Simon macht einen Luftsprung.
Bonnie liegt mit zwei Welpen
im Hundekorb.

Die anderen beiden
spielen Fangen.
Der wuschelige braune Hund
ist schneller als der schwarze.
Er rast los wie ein Fußballstürmer
und kugelt über seinen Bruder.
„Den will ich haben!", sagt Simon.

Bernd fängt den Welpen ein.
Der strampelt und möchte runter.
„Hallo Kleiner!", sagt Simon.
„Kommst du zu mir?"

Der Hund sieht Simon
mit großen braunen Augen an.
Dann streckt er ihm
seine rechte Pfote entgegen.

Simon nimmt den Welpen
vorsichtig auf den Arm.
Er ist weich wie ein Schmusepulli.
Sein kleines Herz
pocht ganz schnell.
„Na, du?", sagt Simon leise.
Plötzlich schleckt der Welpe
Simons Gesicht ab.
„Lass das!", ruft Simon und lacht.

Mia zupft an Simons Hose.

„Darf ich ihn mal streicheln?"

„Ich auch", bettelt Marlene.

Der Hund lässt sich
von allen kraulen.

„Er mag euch", freut sich Bernd.

„Jetzt braucht er nur noch
einen Namen."

„Wie wäre es mit Avanti?",
schlägt Luca vor.
„So sagt man bei uns
in Italien zu ‚Stürmer'."
Simon findet den Namen
richtig gut.
„Hallo, Avanti!"
Der kleine Hund spitzt die Ohren.

13

Stürmer im Einsatz

Avanti erobert den Garten.
Er flitzt von einer Ecke zur anderen.
Er schnuppert an jedem Baum,
jedem Strauch und am
Komposthaufen.

Simon rennt überall mit.
Gut, dass er selber Stürmer
im Fußballverein ist.

Mittags haben die beiden Stürmer
einen Riesenhunger.
Avanti frisst seinen neuen Napf
bis auf den letzten Krümel leer.

Dann legt er den Kopf
auf Simons Schoß
und will Nudeln haben.
„Nein!", sagt Simon streng.
Luca lächelt.
„Du machst das
richtig gut."

„Ich glaube, Avanti möchte
mit mir kuscheln",
behauptet Marlene.
„Nein!", sagt Mia.
„Er will Puppen spielen."
Simon schüttelt den Kopf.
„Avanti muss dringend
Gassi gehen."
„Wau!", macht der Hund
und kratzt an der Tür.
Simon holt die Leine.

Avanti findet alles aufregend:
die Gehsteige, die Zäune,
den Metzger und den Spielplatz.
Begeistert pinkelt er
an jeden zweiten Laternenpfahl.

Im Park übt Simon die Sachen,
die Bernd ihm gezeigt hat.
„Sitz!", ruft er und drückt dabei
Avantis Hinterteil nach unten.
Simon muss den Befehl
ganz oft wiederholen.
Endlich klappt es.

Simon will auch noch
„Platz!" und „Komm!" üben.
Da wirft sich Avanti
auf den Rasen und streckt
alle viere von sich.
Erst jetzt merkt Simon,
wie spät es schon ist.
Nach dem Abendessen
hüpft Avanti in seinen Hundekorb
und schläft sofort ein.
Simon gähnt.
Mann, war das anstrengend!

Am nächsten Morgen ist Avanti
schon um sechs Uhr wach.
Simon stöhnt:
„Wir haben doch Sommerferien!"

Nach dem Frühstück geht es
raus in den Garten.
Diesmal darf Avanti alleine toben.
Simon probiert einen neuen Trick
mit seinem Fußball aus.

Später kommt Avanti
mit der Leine angerannt.
Simon macht eine kleine Runde
mit ihm und übt „Sitz!" und „Platz!".
Danach darf Avanti
im Garten weitertoben.

Simon hat heute auch
nichts dagegen,
dass Marlene und Mia
den Hund streicheln.
Avanti bleibt ja jetzt
für immer bei ihnen.
Am Abend gähnt Simon wieder.
Mann, war das anstrengend!

Am dritten Tag kommt Felix vorbei.
Simon führt ihm stolz
den neuen Fußballtrick vor.
Danach kicken die beiden
im Garten.
Avanti läuft ihnen
zwischen die Füße
und knurrt den Ball an.
„Lass das!", ruft Simon.
„Du kannst ruhig mal
alleine spielen."
Avanti sieht sein Herrchen
traurig an. Dann saust er davon.

Simon und Felix kicken weiter.
Irgendwann sagt Felix:
„Im Internet gibt es
ein neues Fußballspiel."
Die Jungen gehen
in Simons Zimmer.
Das Spiel ist total spannend.
Plötzlich steht Mama vor ihnen.
„Simon! Ich hab schon dreimal
nach dir gerufen. Du hast Avanti
kein Futter gegeben. Und ich musste
mit ihm Gassi gehen.
Das ist eigentlich deine Aufgabe."
Simon ist sauer.
Er kann sich doch nicht
ständig um den Hund kümmern!

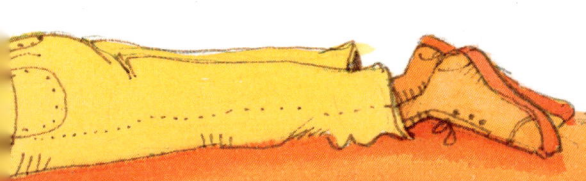

Ein Geschenk für Marlene

Am nächsten Tag ist Avanti
wieder um sechs Uhr wach.
Da hat Simon eine Idee.
Er schleicht mit seinem Hund
ins Zimmer von Marlene und Mia.
„Weck Marlene auf", flüstert er.
Avanti fährt mit seiner Zunge
über Marlenes Nase.
„Igitt!", kreischt Marlene.
Dann kichert sie.
„Ach, du bist es, Avanti!"

Simon macht ein feierliches Gesicht.
„Ich schenke dir Avanti!"
Marlene fällt Simon um den Hals.
„Danke, danke, danke!"

Simon verschwindet lieber,
bevor sie ihn auch noch
abknutscht.
Auf einmal wird Simon traurig.
Avanti fehlt ihm jetzt schon.
Schnell geht er aus dem Zimmer.

„Willst du mein Baumhaus sehen?",
fragt Marlene.
„Wau!", macht Avanti.
Marlene trägt den Welpen hinauf.

Avanti kratzt an einem Holzbalken.
Er will gleich wieder runter.
„Ich hab schon verstanden",
seufzt Marlene.
Sie rennt mit Avanti
durch den Garten.

Danach geht sie mit ihm Gassi
und zeigt ihm die schönsten Blumen.
„Und jetzt ruhen wir uns
ein bisschen aus", sagt Marlene.
„Komm mit in die Hängematte!"
Avanti findet die Hängematte toll.
Er schaukelt wild hin und her.
Marlene kichert.

Aber dann will sie ein Buch lesen.
Mit einem Satz springt Avanti
aus der Hängematte.
Marlene muss wieder
hinter ihm herrennen.

Beim Abendessen
ist sie völlig platt.
„War es bei dir auch
so anstrengend?", fragt sie Simon.
„Nö, wieso?",
schwindelt Simon.

Heute geht Marlene freiwillig
früh mit Mia schlafen.
Ihre kleine Schwester tappt
barfuß zu ihr rüber.
„Darf Avanti in mein Bett?"
„Warum nicht?", sagt Marlene.
„Du, ich schenke dir Avanti."
„Juhu!", jubelt Mia.

Der Ausreißer

Mia und Avanti wachen
beide ganz früh auf.
„Komm", sagt Mia leise.
„Jetzt spielen wir Puppen."

In der Puppenküche
gibt es Kekse zum Frühstück.
Die findet Avanti super.
Aber den Sonnenhut mag er
gar nicht.

Mia macht ein strenges Gesicht.
„Lotte hat auch ein Kleid an.
Ihr sollt doch hübsch sein,
wenn wir spazieren fahren."

Mia setzt Avanti neben Lotte
in den Puppenwagen.
„Los geht's!"
Sie schiebt den Puppenwagen
hinaus in den Garten.

Der Wagen rumpelt
über einen Stein.
Avanti fällt um und winselt.
„Keine Angst!", sagt Mia.
Avanti gewöhnt sich
an das Schaukeln
und wedelt mit dem Schwanz.
Mia lacht. „Siehst du?
Das macht Spaß!"
Nach der zweiten Runde
hat Avanti genug.
Er will aus dem Wagen,
rutscht aber mit den Pfoten ab.
„Bleib schön sitzen",
sagt Mia
und fährt weiter.

Avanti zerrt an seinem Hut
und reißt ihn herunter. Ratsch!
Mia schimpft: „Du hast
den schönen Hut kaputt gemacht!"
Avanti bellt.
Dann beißt er Lotte ins Bein.
„Blöder Hund!", sagt Mia.
Sie setzt Avanti auf den Rasen
und fährt mit ihrer Puppe
zurück ins Haus.

„Arme, arme Lotte!"
Mia klebt ein blaues Pflaster
auf Lottes Bein.
Über das Loch im Sonnenhut
kommt auch ein Pflaster.

Mia geht mit Lotte auf dem Arm
auf die Terrasse hinaus.
Der Rasen ist leer.
„Avanti!", ruft Mia.
„Wo bist du?"
Plötzlich sieht sie,
dass das Gartentor offen steht.

Mia rennt in die Küche.

Dort sitzen Simon und Marlene

beim Frühstück.

Mama und Luca schlafen noch.

„Avanti ist weg!", ruft Mia.

„Ich glaube, er ist raus

auf die Straße."

Simon und Marlene springen

von ihren Stühlen hoch.

„Warum hast du nicht

aufgepasst?",

fragt Simon wütend.

Mia hat Tränen in den Augen.

„Ihr hättet auch aufpassen

können!"

„Streitet euch nicht", sagt Marlene.

„Wir müssen Avanti suchen!"

Zu dritt rennen sie los,
hinaus auf die Spielstraße.
Sie rufen laut: „Avanti!"
Sie suchen den ganzen Park ab.
Sie suchen auf dem Spielplatz.
Kein Avanti.

Plötzlich hat Simon eine Idee.
„Ich weiß, wo er sein könnte!"
Er läuft mit seinen Schwestern
zum Metzger.

Und wer macht da brav Platz
vor der Theke? Avanti!
Der Metzger schenkt ihm gerade
ein Wiener Würstchen.
Happs! Schon hat er es
aufgefressen.

„Avanti, komm!"
Simon klopft auf sein Bein.
Avanti springt an Simon hoch.
„Du darfst nicht einfach
weglaufen", sagt Marlene.
Mia streichelt Avanti.
„Wir haben dich doch lieb!"

Simon, Marlene und Mia bringen
Avanti nach Hause.
„Wo wart ihr denn?",
fragt Luca.
Aufgeregt erzählen die Kinder,
was passiert ist.
Avanti rast schon wieder los
wie ein Stürmer.
Luca kratzt sich am Kopf.
„Avanti ist echt ein Wirbelwind.
Der braucht mehr als ein Herrchen."

Plötzlich sagt Mama:
„Ich weiß, was wir machen!
Ab sofort kümmern wir uns
abwechselnd um ihn."
„Ja!", rufen Simon, Marlene und Mia.
Simon krault Avanti unterm Kinn.
„Willst du unser Familienhund sein?"
„Wau!", macht Avanti und wedelt
begeistert mit dem Schwanz.

Leserabe Leserätsel

Hast du die Geschichte ganz genau gelesen?
Der Leserabe hat sich ein paar spannende
Rätsel für echte Lese-Detektive ausgedacht.
Kannst du die Rätsel lösen?
Wenn du Rätsel 4 auf Seite 42 löst, kannst du
ein Buchpaket gewinnen!

Rätsel 1

In jedem Satz fehlt ein Wort. Wenn du dir nicht
sicher bist, lies auf den Seiten noch mal nach!

1. Im letzten Päckchen ist eine

 . (Seite 7)

2. Bonnie liegt mit zwei
im Hundekorb. (Seite 9)

3. In der Puppenküche gibt es ⬚⬚⬚⬚⬚
zum Frühstück. (Seite 30)

Füge die Wörter aus den Geschichten
wieder richtig zusammen!
Schreibe die Wörter auf ein Blatt.

Baum-   Gar-   -haus
-ten   -len
Hänge-   bel-   -matte

Rätsel 2

Der Leserabe hat sich ein Quiz ausgedacht!
Kannst du die Fragen beantworten?
Schreibe die Antworten in die Kästchen.

Rätsel 3

1. Wie alt wird Simon?

2. Was bedeutet Avanti
auf Italienisch?

3. Mit wem sitzt Avanti
in der Hängematte?

Rätsel 4

Beantworte die Fragen zu der Geschichte.
Wenn du dir nicht sicher bist, lies auf den Seiten
noch mal nach!

1. Was ist Simons größter Wunsch? (Seite 4)

　　H: Er wünscht sich einen Hund.

　　G: Er möchte neue Fußballsticker haben.

2. Warum ist Simons Mutter böse auf ihn?
　　(Seite 23)

　　E: Simon hat den ganzen Tag Computer gespielt.

　　U: Simon hat vergessen, Avanti zu füttern.

3. Warum soll sich die ganze Familie um Avanti
　　kümmern? (Seite 38)

　　P: Simon spielt lieber mit seinen Freunden
　　　Fußball.

　　N: Avanti ist sehr lebhaft und braucht
　　　viel Pflege und Gesellschaft.

Lösungswort: ☐₁ ☐₂ ☐₃ **D**

Rabenpost

Bitte frage
deine Eltern!*

Super, geschafft!

Jetzt ist es Zeit für die Rabenpost.
Wenn du das Lösungswort herausgefunden hast,
kannst du tolle Preise gewinnen.
Aber bitte frage vorher deine Eltern, ob du mitmachen
darfst!

Gib das Lösungswort auf der Website ein:

▶ www.leserabe.de

oder schick es mit der Post:

Lösungswort:

An
den LESERABEN
RABENPOST
Postfach 2007
88190 Ravensburg
Deutschland

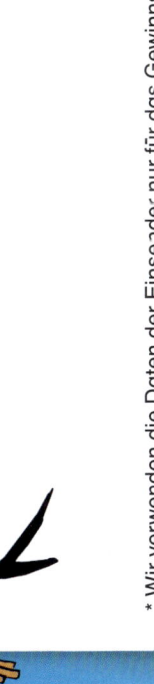

* Wir verwenden die Daten der Einsender nur für das Gewinnspiel und nicht für weitere Zwecke. Alle weiteren Informationen zum Datenschutz und über unser Gewinnspiel findet ihr unter **www.leserabe.de**.

Durch die Kennzeichnung der einzelnen Silben in Rot und Blau lernen Kinder leichter lesen. Das gelingt so:

- Die einzelnen Wörter werden in Buchstabengruppen aufgeteilt. Diese kleinen Gruppen sind leichter zu erfassen als das ganze Wort.

- Die Buchstabengruppen sind ganz besondere Einheiten: Sie zeigen die **Sprech-Silben** an, den Schlüssel, um ein Wort richtig lesen und verstehen zu können.

Zum Beispiel können bei dem Wort „Giraffe" auch die ersten drei Buchstaben „Gir" als Gruppe gelesen werden: Gir - af - fe. Das könnte dann der Name einer besonderen Affenart sein.

Mit den farbigen Silben dagegen werden sofort die richtigen Buchstabengruppen erkannt: **Giraffe**. Beim Lesen ergibt sich automatisch der richtige Sinn: Es ist das Tier mit dem langen Hals gemeint.

Dadurch lesen alle Leseanfänger leichter und besser – und auch die nicht so starken Leser können schneller Erfolge erzielen.

Die farbigen Silben helfen aber nicht nur beim Lesen, sondern auch bei der **Rechtschreibung**. Der Leseanfänger nimmt von Anfang an die Silbengliederung der Wörter wahr – und kann so die richtige Schreibweise ableiten.

Die original Mildenberger Silbenmethode wird seit über einem Jahrzehnt an vielen Grundschulen unterrichtet und führt bei Kindern nachweislich zu schnellerem Leseerfolg.

Weitere Informationen zur Silbenmethode auf:
www.silbenmethode.de